PARTE I EL...

JACINTA:
Levántese, Pablillo,
Que ya dieron las seis,
Luego no va a poder
Tomarse el cafecillo.

PABLO:
Espérese, macita,
Que tengo mucho sueño,
Además está lloviendo
Pa ir a la escuelilla.

JACINTA:
Ramón, llene de agua
La olla más grande
Pa echársela a este cobarde
Como si no tuviera paraguas.

RAMÓN:
Déjelo, Jacinta,
A lo mejor está soñando
Con la hija de Eduardo,
La hermosa Carmencita.

PABLO:
Tranquilo, pacito,
Eso es un secreto,
Luego lo oye el suegro
Y me da con un chilillo.

JACINTA:
Solo eso faltaba,
Enamorado a los doce,
Hasta el vestido se me descose
De oír tal babosada.

PABLO:
¡Qué va, macita!,
Lo mío es amor sincero,
Hasta me siento en el cielo
Cuando la tengo cerquita.

RAMÓN:
Salió a su tata, Pablito
Menudo y enamorado,
A su edad estaba cansado
De contar mis amorcitos.

JACINTA:
No sea presumidillo,
Porque esta muñequita
Recibía poemas y cartitas
De los más lindos chiquillos.

RAMÓN:
No dudo que las recibía,
Porque usted es una reina,
Pero a los doce yo era un poeta
Que a las niñas derretía.

JACINTA:
Serían de chocolate,
Las mocosas esas,
Que jugaban de fresas
En las fiestas y los bailes.

RAMÓN:
No se ponga celosa,
Mi luz de la mañana,
Mi suspiro del alma,
Mi amada mariposa.

JACINTA:
Busque el baño, Pablillo,
Que por estar hablando
Se hizo el disimulado,
No me juegue de vivillo.

Pablito se levantó,
Todavía medio dormido,
Entre las sábanas ha caído
Y bajo la cama quedó.

JACINTA:
Salga de ahí sinvergüenza,
O lo saco con la escoba,
Ya sabe lo que le toca
Si no me cumple con la escuela.

PABLO:
No se enoje, macita,
Es que me caí
Tan duro que sentí
Romperse mi rodilla.

JACINTA:
¡Qué linda figura!,
En puro calzoncillo
Con este mañanero frío
Y después la calentura.

PABLO:
Anoche hizo un calor,
No aguanté la pijama,
Me bastó solo la cama,
Aunque fuera duro el colchón.

JACINTA:
A bañarse, confisgado,
No pierda más tiempo
Que en cualquier momento
Llega Andrés a buscarlo.

RAMÓN:
Bueno, mujercita linda,
Ya me voy a trabajar,
Al mediodía vengo a almorzar,
Y me regreso a la milpa.

JACINTA:
Acompáñese de Dios,

No olvide santiguarse
Ni tampoco encomendarse
A San Isidro labrador.

RAMÓN:
Así lo haré, amor,
Como todos los días
Me voy en compañía
De Jesucristo nuestro Señor.

Ramón se despidió,
Se echó al hombro la palilla,
En la cintura la cubiertilla,
Y silbando una canción.

PABLO:
Macita, no me puedo bañar,
Se acabó el jabón,
¡Qué mejor ocasión
Para volverme a acostar!

JACINTA:
Voy donde la comadre
A que me regale jabón,
Y usted, hágame el favor,
No va a quedar sin bañarse.

PABLO:
Con el agua tan fría,
Voy a parecer un pollito,
Con el cuerpo tullido
Y la piel de gallina.
¡Qué ricas empanadas!,
Si no fueran para vender
Me las podría comer
Hasta dolerme la panza.

Voy a llevarme algunas
Para comer en el recreo,
Que el hambre me pone feo
Tras de tantas travesuras.

JACINTA:
¿Qué está haciendo, Pablillo?,
¿Por qué se me asustó?,
No me diga que se comió
Una de frijolillos.
Ya está tosiendo,
Ya se atragantó,
Desde que nació
Ha sido un hambriento.
Aquí está el jabón,
Báñese a prisa.
¡Mire las tortillas
Quemándose en el fogón!

Jacinta prendió el radio
Para escuchar las noticias,
Mientras se asaba una tortilla,

Llegó el amigo de Pablo.

ANDRÉS:
¿Cómo está, doña Jacinta?
¿Pablillo ya se fue?
¿O acaso madrugué
Como todos los días?

JACINTA:
Pase adelante, Andresillo,
Pablo se está bañando,
Se viene levantando
Ese haragán hijo mío.
Siéntese a desayunar
Mientras lo espera,
Lo veo con una pereza
Que no quisiera preguntar.

ANDRÉS
La escuela es aburrida,
Si no fuera por las mejengas
Creyéndonos Saprissa y Alajuela,
Casi sería una pesadilla.

JACINTA:
Aquí está la natilla,
Dese gusto, Andresillo,
Acompañe ese cafecito

Con estas ricas tortillas.

Pablo salió del baño
En un puro temblor,
Como rezando una oración
Entrelazando sus manos.
Un paño a la cintura,
Y saludó a Andresillo,
Mientras frente al espejillo
Modelaba su figura.
La casa es una pieza
Que no está dividida.
Sala, cuarto, baño y cocina
De la puerta se aprecian.
Las paredes con rendijas
Que periódicos cubrían,
Y el tiempo carcomía.
A la madera como lija
Un televisor pequeño,
Un póster de la Liga,
Un "Nuestro hogar Dios bendiga",
Unos muebles viejos.

JACINTA:
Póngase el uniforme
Pa que se le quite el frío,
Pobrecito mi pollito,
Le tiembla hasta el nombre.

ANDRÉS:
¡Qué cuerpo, Pablillo!,
Se lo va a llevar el viento,

Parece un gallo de queso,
Pero es un buen amiguillo.

PABLO:
No ve, ¡qué guapura!,
Envídieme, Andresillo,
Que este perfilillo
Solo es de esta cuna.

JACINTA:
Entonces dese por privilegiado
Con esa hermosa cara,
Porque con esta falta de plata,
Olvídese de un hermano.

ANDRÉS:
Así se queda con la herencia,
La tierrilla y este rancho,
Las gallinas y los chanchos,
Para que se mantenga.

PABLO:
Ya no recuerda, Andresillo,
Que este rancho es ajeno,
Como prestado el terreno
Donde siembra mi pacito.

JACINTA:
Ya son las seis y media,
Aquí están sus tortillas,
Que Dios me los bendiga,

Me voy a hacer mis ventas.
Pablillo, no vaya a olvidar
Al irse cerrar la puerta,
Con esta delincuencia
Ya no se puede uno fiar.

PABLO:
Adiós, macita linda,
Que Dios la acompañe,
Cuídese en las calles
De todas esas pandillas.

Se marchó la buena Jacinta
Llevando la cesta de empanadas,
Con las cuales se ganaba
El pan de cada día.

ANDRÉS:
¿Cómo le fue con la tarea
Que nos dejó la niña Amalia?,
Yo terminé en la madrugada
Echando humo por la azotea.
PABLO:
La tarea de Español,
Ahora, ¿qué hago?,
Voy a perder el año,
¡Cómo se me olvidó!

ANDRÉS:
Tengo una idea,
Dígale que está enfermo,

Que le estalló el cerebro,
Y le duele la cabeza.

PABLO:
Voy a perder el año,
Esa tarea vale mucho,
Hasta parece que escucho
De mis tatas el regaño.
¡Cómo es tan amable,
La señora esa,
Para que me tenga paciencia
Y la tarea presentarle!

ANDRÉS.
Enférmese de una vez,
Del estómago o la espalda,
O quiébrese una pata,
O de diarrea puede ser.

PABLO:
Diarrea ya padezco,
Estoy muerto de miedo,
Esa doña me va a dar feo,
Debo planear algo bueno.
Mejor nos vamos yendo
Que ya dan las siete
Es que soy un soquete
Un caso sin remedio.

PARTE II Colmillo

Ya no estaba lloviendo
Cuando dejaron la casa
El sol ya se asomaba
Y también un bravo perro.

PABLO
Colmillo anda suelto
Ahora sí nos fregamos
Para dónde agarramos
¡Cómo estoy tan contento!
ANDRÉS
El perro de la bruja
Es más malo que el diablo
Pero también es pesado
Pa alcanzarnos, criatura.
Somos como gacelas
Ágiles como la liebre
Como un león de valientes
Corramos hacia la escuela.

PABLO
Vuele, Andresillo
Ahí viene la bestia
Cuidado con la vieja
No mire a Colmillo.

Corrieron despavoridos
Con el perro en los tobillos
Eran rápidos los niños
Pero un poco distraídos.

Quedó Andrés amontonado
Encima de una señora
Mientras la temible mascota
Renunció a seguir a Pablo.

PABLO
No sea tan ingrato
Casi me come vivo
¿Cómo le fue, Andresillo?
Cayó en suelo blando.

ANDRÉS
Discúlpeme, señora,
Aquí están sus dientes
También sus lentes
Y una muela que anda sola.

SEÑORA
Muchacho atolondrado
Casi me quiebro una pata
¡Cómo estoy tan flaca
Para haberlo esquivado!

PARTE III EL PLAN

Luego del accidente
Siguieron hacia la escuela
Aún pensaban en la tarea
Pero Pablo tenía algo en mente.

ANDRÉS

Es bravísima esa vieja
No aguanta nada
Ni una fea mirada
Que se le marcan las venas.
Parece que va a explotar
Y como no es gorda
Se pone toda roja
Como tomate de quintal.
Ahí viene la faja
Lástima el apodo
Y es que cualquier tonto
Se la aprieta y se rebaja.

PABLO
Está linda la mocosa,
¡Cómo menea las caderas!
¡Qué par de naranjeras!
¡Qué boquita más sabrosa!
Viendo a esa chiquilla
Una idea se me ocurrió,
Tendré un paro al corazón
Y conmoveré a la viejilla.
Sufriré un desmayo,
Usted da la voz de alerta,
Me da aire y me receta
Luego del despapayo.

ANDRÉS
Y si nos descubren,
Nos mandan a la dirección,
Con el viejo bigotón
Y sin quien nos ayude.

Luego se arma el broncón,
Con el carácter de mi tata,
Me calienta con la faja
Y a usted le va peor.

PABLO
Cálmese, dará resultado,
Solo practiquemos la actuación
Porque esa tarea de Español
No me dejará reprobado.

PARTE IV EL ENSAYO

*Pronto llegaron a la escuela
En un puro carrerón,
Cuando entraron al salón
Les temblaban las piernas.
Se metieron al servicio
Antes de sonar el timbre,
Andrés mascaba chicle
Disimulando el nerviosismo.*

PABLO
Yo me voy a desmayar,
Usted me revisa el corazón
Y al no tener respiración,
Me da aire artificial.

ANDRÉS
¡Está loco, Pablillo!,
Lo tengo que besar,
Nos van a molestar

Todos los compañerillos.

PABLO:
Soy su mejor amigo,
Me está salvando la vida,
Cuidado con la saliva
Porque me vomito.
No arrime mucho la boca,
Disimule que lo está haciendo
Porque con ese aliento
Más rápido me ahoga.
Póngame en el suelo,
Ya estoy desmayado
Y con las dos manos
Apriéteme el pecho.

ANDRÉS
Esto no va a servir,
Nos van a expulsar,
A usted por haragán
Y a mí por encubrir.
Esa vieja no es tonta,
Cuando lo vea desmayado
Sin ponerse morado,
Se va a armar la gorda.

PABLO
También anda pistola,

No me extrañaría,
Con el genio que se pinta,
Hay razón de que ande sola.

ANDRÉS
Eso no me hizo gracia,
Escogió una mala hora
Para hacer bromas,
Mejor volvamos al aula.
Al mal paso darle prisa,
Ya me arde la oreja,
Cuando nos agarre la vieja
Se le va a quitar la risa.
El timbre de entrada,
Ahora sí nos llevó el carajo,
Por todos los diablos,
A preparar las nalgas.
Cuando me agarre mi tata,
Uno tras otro cinchazo,
Todo por hacerle caso
A este zampa guabas.

PABLO
Ya cállese, Andresillo,
No sea tan maricón,
No olvide que es actor
De la escuela de Pablillo.

PARTE V LA TORTA

Sentados en las sillas,
Andresillo tras de Pablo,
Parecían unos santos
Sin hacer travesurillas.

ANDRÉS
Ya viene la gorda,
Hasta siento el terremoto,
Se me acalambra todo
Y los piojos se alborotan.

AMALIA
Buenos días, estudiantes,
Pónganse de pie,
Como les enseñé
Cuando entra alguien.
Vienen con anemia
Que ni me saludan,
Parecen una tortuga
Con las patillas enfermas.
Voy a revisar ahora
La tarea de Español
Y, según la calificación,
El promedio se acomoda.

ANDRÉS
Adiós, mundo cruel,
Ya me siento reprobado,
Hasta peor, expulsado,
Por tonto y por buey.

PABLO
Cálmese, Andresillo,
Que ya viene el cardíaco,
Lo siento en el sobaco,
Prepárese usted.

Pablo cayó en el suelo,
Los compañeros le miraban,
La comedia empezaba
Y también el desconsuelo.

ANDRÉS
Auxilio, se nos muere,
Pablillo está desmayado,
Su cuerpo está helado
Y ya no se mueve.

Andrés lo puso boca arriba,
Tal como lo acordaron
Y empezó con sus dos manos
A salvarle la vida.
Carmencita corrió a socorrerlo,
Los compañeros le silbaban
A Andrés que le daba
Aire al casi muerto.
Carmencita tomó su lugar
Y Pablo lo disfrutaba,
Aunque el engaño se figuraba
No se lo iba a perdonar.

AMALIA
¡La Santísima Trinidad!,
Llamen una ambulancia,
¿Qué es lo que le pasa?
¿No puede respirar?

CARMENCITA
Parece que respira
Pero no despierta,
También estaré muerta
Si mi Pablo expira.

ANDRÉS
Cálmese, Carmencita,
Este no tiene nada
Ni vergüenza ni cara
Pero no lo haga noticia.
Le estamos dando aire
Como en la televisión,
Se le paró el reloj,
¡Quién sabe si se salve!

La maestra gritó desesperada,
Se agarraba la cabeza,
No había respuesta
Y se le blanqueó la cara.

ANDRÉS

Llamen al doctor,
Pablillo, reaccione,
Mejor traigan flores,
Porque aquí pataleó.

AMALIA
No, no puede ser,
Se me subió la presión,
Me duele el corazón,
Me muero yo también.

ANDRÉS
Agarren a la maestra,
Que no llegue al piso
Porque se viene el sismo
Y se derrumba la escuela.

Al suelo fue a dar,
Sin mayor miramiento,
Junto al abanico mugriento
Y las ollas de Hogar.

PABLO
Andrés, ¿qué tiene la vieja?,
¿Por qué cayó desmayada?,
Se está poniendo morada,
¡Qué torta con la maestra!

ANDRÉS
Ahora no es mi culpa,
No vio, ¡qué buen actor!,

Todo se lo creyó,
Hasta se dio por la nuca.

PABLO
Esto es serio,
Dele respiración
O vaya al panteón
A buscar sepultureros.
ANDRÉS
Ahora sí nos fregamos,
Ella va para el hueco,
Nosotros como reos
Con apenas doce años.

PABLO
Yo mejor voy jalando,
Porque si no está muerta,
Capaz que se despierta
Y nos agarra a reglazos.

PARTE VI LA HUÍDA

Salieron disparados,
Hechos un saco de nervios,
Con el bolso de cuadernos
Y el pelo alborotado.

ANDRÉS
Espérese, Pablillo,
¿Para dónde vamos?,
Tenemos que entregarnos,
Cometimos un delito.

PABLO
Fue demasiado real,
Nos ganamos el Óscar,
Y ahora nos toca
Una pena capital.
Escondámonos aquí
En este matorral
Para poder mirar
Cómo la sacan de ahí.
ANDRÉS
Ahí viene la ambulancia,
Me estoy orinando
Y ya no me aguanto,
Hasta me duele la panza.

PABLO
Lo pueden ver, aguántese,
Si nos agarran
Nadie nos salva,
Andresillo, agáchese

ANDRÉS
¿Quién manda a la vejiga?,
Se me va a reventar,
No me voy a aguantar,
Me orino encima.

PABLO
Ya sacaron la camilla,
Ahí no les va a caber,
Necesitan como tres

Y toda una cuadrilla.

ANDRÉS
Respétela, Pablillo,
Tal vez ya pataleó,
Iremos a prisión
Y usted con chistecillos.

PABLO
Ya nos tapó esa gente,
Solo vinas este barrio,
Hasta su primo hermano
Que en todo se mete.

ANDRÉS
Ahora sí es el fin,
No me acordé de Mauro,
Seguro me está buscando,
Van a sospechar de mí.

PABLO
Ya la sacaron,
La camilla no se quebró
Pero sí se dobló,
No ve, ¡qué cuadro!
Si trae la cara tapada,
Búsquese un abogado
Pero si la salvaron,

Alístese la espalda.

ANDRÉS
Llegó la policía,
Hasta aquí llegamos,
Vamos enjuiciados
Y condenados de por vida.

PABLO
Allá están los compañeros,
Nos van a echar de cabeza,
Corramos a donde sea,
Que esto se puso feo.

PARTE VII EL CAFETAL

*Salieron del caserío,
Entraron a un cafetal,
Propiedad de don Julián,
Por su carácter aborrecido.*

ANDRÉS
Pablillo, ya no aguanto,
Tengo que orinar,
Aproveche para descansar,
Mientras vacío el pájaro.

PABLO
Ya me contagió,
Me estoy orinando,
El del chorro más largo
Es el campeón.

Atomizando el cafetal
Con el líquido de su grano,
Porque esto que botamos
Es el cafecito de mi ma.

ANDRÉS
Empatados, Pablillo,
¡Qué par de vejigas!,
Repletas de orina
De puro miedillo.
¿Qué vamos a hacer
Si la maestra se muere?
Es que nadie nos tiene
Actuando tan bien.

PABLO
No llore, Andresillo,
No somos culpables,
A ella le dio el ataque,
Pudo ser otro sustillo.

ANDRÉS
Pero fue el nuestro,
Nosotros la matamos,
De esta no nos salvamos
Estamos hasta el cuello.
Vámonos para la casa,
Si somos inocentes,
Si nada se debe,
Nada nos pasa.
Ya estoy deschavetado,

Solo digo contradicciones,
Me pesan hasta los calzones,
Vamos a ser condenados.

PABLO
Es que su tata es bravo
Pero no tenga miedo,
Usted es un niño ejemplo,
Yo soy el atarantado.
Si quiere se regresa
Usted no hizo nada,
Llévese esta empanada
Y defienda su inocencia.
Yo mejor no vuelvo,
Mi macita es tan buena,
Mi pa se jode en la tierra,
No me los merezco.

Les pago con problemas,
Cuando lleguen a avisarles,
No quisiera ni mirarles,
Todo por no hacer la tarea.

Pablillo echó a llorar,
Andrés lo acompañó,
Vencidos por el temor,
No podían echar atrás.

PARTE VIII EL BORRACHO

Encima de un borracho
Habían orinado,

Se acercaba empapado,
Caminando era un pacho.

BORRACHO
¿Quién me orinó?,
Cochino indecente,
Si es tan valiente,
¿Por qué se escondió?

PABLO
Alguien está hablando,
Escóndase, Andresillo,
Puede ser el viejillo,
Dueño de estos campos.

ANDRÉS
Es un borracho, Pablillo,
Creo que lo orinamos,
Agarre un buen palo
O corramos pal río.
PABLO
Prefiero lo segundo,
Agarre los cuadernos,
Porque si logra vernos
Nos lleva al fin del mundo.

El cafetal lindaba con un potrero,
Debían pasarlo para ir al río,
Había una cerca de pinos,
Alambre de púas y terneros.
Pasando la cerca,
Pablo enganchó su pantalón

*Y Andrés en su carrerón
No se daba ni cuenta.*

PABLO
Ayúdeme, Andresillo,
El pantalón se me pegó
Pero tenga precaución,
Que está nuevecillo.

ANDRÉS
Ahí viene el ternerillo,
No lo puedo zafar,
Tampoco sé torear,
Váyase en calzoncillo.

PABLO
No se vaya, Andrés,
Si lo agarro, lo mato,
Mejor de eso no hablo,
Tengo el santo al revés.

*Pablo se quitó los zapatos,
Desabrochó su pantalón,
A como pudo se lo quitó
Para poder desenredarlo.
Trepado en un palo de guayaba
Andrés esperó a Pablo
Pero lo agarró el borracho
Y ya no lo soltaba.*

BORRACHO

Usted me orinó,
No sea tan cochino,
¿Acaso soy su enemigo
Que todo me empapó?

PABLO
Disculpe, no me di cuenta,
Paz con esta empanada,
Se la doy regalada
Pero ya no me vea.

Conforme con la comida,
El sujeto lo dejó
Y allí sentado se comió
Aquella empanadilla.

PARTE IX EL PALO DE GUAYABAS

Pablillo se adentró,
Cauteloso por las vacas,
Cuando oyó entre los guayabas
A alguien que lo llamó.

ANDRÉS
Venga coma, Pablillo,
Están rojas y grandotas,
Si tuviera una bolsa
Pelaría este palillo.

PABLO
¡Qué bonita cosa!,

Me dejó botado
En manos del borracho,
Que casi me viola.

ANDRÉS
¡Quién lo tiene de cochino!,
Exhibiéndose en tanga,
Con esas mentes malas
Hay que ponerse vivillo.

PABLO
Usted ni se incomoda,
No hay quien lo moleste
Ni quien se lo lleve,
Es más feo que la llorona.

ANDRÉS
No me ofenda,
Que este muñequito
Es de los más bonitos
De toda la escuela.
Ya vi que me hizo caso
Pero qué color de calzoncillo,
Lo va a embestir ese torillo
Que se viene acercando.

Súbase o lo torea,
Agárrese de esa rama,
Porque allá viene una vaca
Con una mirada muy fea.

PABLO

El palo está resbaloso
Por la lluvia que cayó,
Ya empezó el calor
Que hace todo bochornoso.

ANDRÉS
Se vino el toro,
Sálvese el que pueda,
Ahora quién nos apea
De este palo lleno de moscos.

PABLO
Casitico me agarra,
Vea, ¡qué cuernos de animal!,
¡Quién no cae en el hospital
Con una de esas cornadas!

ANDRÉS
No ve, ¡qué guayabero!,
Hasta que da gusto,
Después de tanto susto,
Esto es un consuelo.

PABLO
Tiene un hueco el pantalón,
Esa bendita cerquita,
Pobre de mi macita,
Se dará otro colerón.
ANDRÉS
Me dio un calambre,
Siento unas cosquillas
O serán hormigas

Pero vea, ¡qué desastre!,
¡Qué clase de hormiguero
Por todos los diablos!,
Usted se las trajo,
Hasta ahora las veo.

PABLO
Tenemos que bajarnos
Pa llegar al río,
Por su culpa, Andresillo,
Por treparse en este palo.

ANDRÉS
Rodeado de terneros,
Vacas y toros,
Se vinieron todos
A la raíz del guayabero.

PABLO
Nosotros somos los bueyes,
Está la familia completa,
Agárrelo de la orejas
Y lo monta, si puede.

ANDRÉS
Prefiero llenarme de ronchas
Que montarme en esa bestia,
Tal vez orinándoles la cabeza
Pero no tengo ni una gota.

PABLO
Tirémosles guayabas

Por donde más les duela,
A las vacas por las tetas
Y a los toros entre las patas.

ANDRÉS
Ya me están doliendo
De solo imaginarlo,
Un golpe aquí abajo
Es un dolor de los infiernos.

PABLO
Probemos puntería,
Imagínese a la gorda
Que la regla le acomoda
O mejor a la policía.
Dele, Andresillo,
Ese pulso es una vaina,
Atina más un congo de África
Que este carajillo.

ANDRÉS
Algo está pasando,
Fue una mala idea,
La rama se nos quiebra
Y ya vamos bajando.

PABLO
Sóplese, Andresillo,
Ahí viene el toro,
Imagine que va solo
En la maratón de San Francisco.

PARTE X EL RÍO

*Pronto llegaron,
Después del carrerón,
Casi sin respiración
Pero con todo en su sitio.*

ANDRÉS
¡Qué estaré pagando!,
No sea tan ingrato,
¡Qué soberano riendazo!,
Hasta me torcí el tobillo.

PABLO
Ya me embarré de boñiga,
No ve, ¡qué indecencia!,
La camisa de la escuela
Ni con cloro se le quita.

*No dudaron en bañarse
En el río de agua clara
Sin prenda que los tapara
Ni la pena de mirarse.
La amistad les hizo así,
Se conocían hasta el alma,
Que si un lunar en la nalga,
Que hasta el modo de dormir.*

*Gastaron la mañana
Jugando de peces humanos,
Tirándose clavados,
Disfrutando de su infancia.*

Luego se asolearon
Cual si fueran dos iguanas,
Sin pensar en más nada,
De todo se olvidaron.

PABLO
Mira esa nube, Andrés,
Haga una figura con ella,
Yo imagino a la más bella,
La que me hizo enloquecer.

ANDRÉS
Yo casi veo a la gorda
Amenazando con la regla
Y a usted que se lamenta
Por jalarse otra torta.

PABLO
Si pudiera sonreír
Sin tener en el alma,
Ese recuerdo fantasma
Que no deja vivir.

PARTE XI EL PALO DE NARANJAS

ANDRÉS
Estoy viendo un palo
Repleto de naranjas,
Vamos a apearlas
A punta de garrotazos.

PABLO
Vamos, ya pica el hambre,
El sol calentando,
Las tripas peleando,
Esto es un desastre.

El palo estaba en otro cafetal,
Propiedad del mismo dueño,
Que por aquellos momentos
No acostumbraba llegar.
Bajaron las naranjillas,
Cinco para cada uno
Pero un pleito hubo
Por una maduritica.

Dieron vueltas en el suelo,
¿Quién los detenía?,
Alborotaron unas avispas
En aquel tremendo pleito.
Estaban en una matilla,
Eran avispas de las bravas,
Andrés las sintió en la espalda
Y Pablo en las nalguillas.
Corrieron espantados
Por entre matas de café
Y al agua otra vez
Como alma que lleva el diablo.

ANDRÉS
¡Qué carrerón, Pablillo!,
¡No sea tan ingrato!
¡Qué avispero más bravo
Tenía ese panalillo!

PABLO
¡Qué dolor, Andresillo!,
Mis pobres nalguitas
Fueron las víctimas
De esos crueles bichillos.
Por nadar chingo
Pero ni con mezclilla
Hubiera evitado la agujilla
De esos molestos bichos.

ANDRÉS
Me agarraron por la espalda,
Eso nos pasa por pelear,
Vale más una amistad
Que una cochina naranja.

PABLO
Es verdad, Andresillo,
Perdóneme, mi hermano,
Pero, ¡qué clase de manazo
Me pegó en los dientillos!

ANDRÉS
Usted está flaco
Pero pega como un toro,
Todavía me duele el hombro

De semejante riendazo.

Se disculparon como amigos
Y comieron las naranjas
Un poco pasadas
Pero con buen juguito.

La naranja de la discordia
Estaba por dentro mala
Y rieron a carcajadas
Por esa pelea tan tonta.

PABLO
Andresillo, ¿por qué no se fue
Cuando estábamos allá
Metidos en el charral?,
Bien se pudo devolver.

ANDRÉS
Siempre fuimos amigos
En las fiestas y las broncas,
Juntos las vivimos todas,
Juntos por el mismo camino.
Ya salió la escuela,
Nuestros padres deben saberlo,
Que sus hijos pequeños
Mataron a la maestra.

PABLO
Tal vez no murió,
Acuérdese cuando la vieja

Cayó por las escaleras,
Solo un dedo se quebró.

ANDRÉS
Como sea, nos van a expulsar,
Los compañeros se dieron cuenta
Que todo fue una treta
Para poderla engañar.

PARTE XII LA MALA NOTICIA

Llegaban de trabajar
Los padres de Pablillo,
Aún no sabían de su hijo
Pero les fueron a avisar.

JACINTA
Son las doce y media
Y aún no llega Pablo,
¿Qué será de ese chamaco
Que no escarmienta?

RAMÓN
No se preocupe, mujer,
Seguro se quedó jugando
Con los amigos del barrio
O conversando con Andrés.
¿Cómo le fue con las ventas?,
¿Le compraron alguillo
O son estos tiempillos
En los que nadie se acerca?

JACINTA
Vendí casi la mitad,
Son días muy buenos,
Gracias al Padre del cielo,
Con Él nada va mal.

RAMÓN
Viera, ¡cómo me alegro!,
Julián no me ha pagado,
Voy a pedirle adelantado
Un poco de dinero.
JACINTA
Allá viene la comadre,
Parece angustiada,
Trae la cara blanca
¿Qué sería el desastre?

COMADRE
Ábrame, Jacinta,
Por el amor de Dios,
Tengo en la boca el corazón
Con semejante noticia.

JACINTA
Comadre, ¿qué le pasó?,
Está pálida, mujer,
No me diga que por Andrés
Y ese hijo de mi corazón.

COMADRE
La maestra de los niños,

La señora Amalia
Murió en la mañana
Y es culpa de nuestros hijos.

RAMÓN
La maestra murió,
¿Cómo puede ser?,
Explíquese, mujer,
¿Qué fue lo que pasó?

COMADRE
Fue un paro al corazón,
Los niños la asustaron,
Ahí le dio el cardíaco
Por la fuerte impresión.
Pablo se puso a morir,
Andrés le siguió el juego,
La maestra lo tomó en serio
Y ahí le llegó su fin.
Los niños salieron en carrera
Dijeron los compañeros
Y ahora todo el pueblo
Sin piedad los condena.

JACINTA
Ramón, busque a esas criaturas,
¡La Santísima Trinidad!
¡Cómo deben estar

Pensando en hacer locuras!

RAMÓN
No se angustie, mujer,
Los voy a encontrar,
Lejos no han de estar
Y donde sea los hallaré.

JACINTA
¿Qué haré sin mi Pablito?,
No sé si regañarlo
O quizá deba abrazarlo
Cuando llegue mi chiquito.

Creo que es mi culpa,
No le digo que lo amo,
Por todo lo regaño
Para corregir sus conductas.

COMADRE
No diga eso, comadre,
Usted se parte el alma,
Al niño nada le falta,
No pueden ser mejores padres.

JACINTA
Vamos a buscarlos,
Deben sentirse culpables
Y que la gente ni los señale,
No aguantaré ni un maltrato.

PARTE XIII LA AMISTAD

Pablo fue a nadar,
La tarde ya caía,
El sol ya se escondía
Y le quiso aprovechar.
Andrés cayó tendido
Mirando hacia el cielo,
Se hizo uno con el suelo
Con sus brazos extendidos.
Pablo tenía problemas,
Se movía en el agua
Como luchando con su alma
En una desigual pelea.

Pidió ayuda a su amigo,
Quien seguía soñando,
Al rato fue escuchando
Y el río ya era su enemigo.
Se consumió en la poza
Que ya se había tragado
A su hermano amado
Entre burbujas silenciosas.
Fue a lo profundo,
No lo pudo avistar,
Lo volvió a intentar
Y le atinó al segundo.
Lo haló de un brazo
Y con mucha dificultad,

Lo logró sacar
De aquel río nefasto.
Lo puso boca arriba,
Ya sabía qué hacer,
No dejarle fallecer
Sin darle de su vida.

ANDRÉS
Resista, hermano,
Tome todo mi aire,
No me haga el desaire
De dejarme abandonado.
Respire, amigo mío,
Bote esa agua maldita
Que nadie lo necesita
Más que yo, Pablillo.

Una gran ironía,
Lo que habían ensayado
Para concretar el engaño
Ahora real se volvía.
Pablo boca arriba,
En los brazos de la muerte,
Que insistía en retenerle
Y arrancárselo a la vida.
Andrés le daba tiempo
Y apretando su pecho,
Así el camino estrecho
No acabara en lamentos.

Andrés era un soldado
Luchando contra la muerte
Y al fin pudo vencerle
Y rescatar a Pablo.
Pablo botó el agua
Y el llanto del corazón
Fue de Andrés una oración
Que al Señor llegaba.

ANDRÉS
Ha vuelto, Pablillo,
No me ande asustando,
Mi Dios, ¡qué mal rato!,
Y yo tan tiernillo.
Tranquilo, muchachón,
Que esta la contará,
Ya ha sido voluntad
Del Padre Creador.

PABLO
La vista se me nubló,
Sentí dormido el cuerpo,
Perdí hasta el aliento,
Todo se oscureció.
Gracias por ayudarme,
Si no hubiera estado
Hasta aquí hubiese llegado,
En la soledad indeseable.

Pablo se reponía
Y lloró como un crío,
Mientras cruel el frío
Su cuerpo todo envolvía.
Nunca les dolió crecer
Como les dolía hoy,
No fue su intención
Pero, ¡qué se va a hace!
Ya decirle a la hora
Que no sea oscura
Es comerse a la luna
De un bocado toda.
No sospechaban los niños
Que cerca había una serpiente
Hasta que llevó sus dientes
Al brazo de Andresillo.
Pablo la pudo ver antes
Y atravesó la pierna,
Y entonces fue la presa
Por unos instantes.

PABLO
Me mordió, Andresillo,
Yo creo que es venenosa,
Si no me atravieso le toca
Ayúdeme, amigo.

Andresillo le sacó el veneno,
Mordiendo la herida,

Pablo le salvó de la mordida
Y no era para menos.

Parte XIV LA BÚSQUEDA

Ramón aún los buscaba
Por todo el pueblo,
Lo señalaban con el dedo,
Lo cual le molestaba.

CARMENCITA
¿Don Ramón, aún no lo encuentra?,
¿Dónde estará mi niño?
Mi querido Pablito,
Mi corazón se quiebra.

RAMÓN
Carmencita, usted es testigo,
¿Qué fue lo que pasó?,
Alívieme este dolor,
¿Qué dicen de mi hijo?

CARMENCITA
Pablito no hizo nada,
Fue solo un juego,
Se fingió muerto
Y lo hizo en el aula.
La maestra lo creyó,

Ella ya estaba enferma,
Tenía un extraño problema
Hasta que la mató.
El doctor le había recomendado
Pensionarse pronto,
Me lo contó su hijo Toño,
Él no culpa a Pablo.

RAMÓN
¡Qué bueno escuchar eso!,
Pero, ¿dónde podrán estar?,
¿Usted no sabe de algún lugar
Que les gustara a esos pequeños?

CARMENCITA
Antes íbamos al río
Pero con el invierno
El trillo se pone feo,
Es muy difícil el camino.

RAMÓN
Iré allá, Carmencita,
Tienen que estar escondidos,
Muertos de miedo los pobrecillos,
Nos vemos, preciosa niña.

CARMENCITA
Dígale a Pablillo
Que lo quiero mucho,
Con todo el amor del mundo,

Así quiero a ese chiquillo.

RAMÓN
Lo sé, Carmencita,
Y mucho se lo agradezco,
Pablito es muy bueno
Y también a usted la estima.

PARTE XVI LA LADERA

Empezaba a oscurecer,
Pablo lucía un poco mal,
Andrés no dejaba de llorar
Por no saber qué hacer.

ANDRÉS
¿Por qué se metió, Pablillo?,
Hubiera dejado que me picara,
No se muera, no se vaya,
Yo lo necesito.

PABLO
Andresillo, tiene que calmarse,
No es hora de llorar,
Sino de pensar,
Tiene que ayudarme.
Estoy algo mareado
Pero puedo caminar,
Tenemos que regresar,
Busquemos al dueño del ganado.
Pablo se apoyó en Andrés,
El camino era empinado,

Resbaloso por el barro
Pero se tenían fe.

PABLO
No tenga miedo,
Vamos a salir de aquí,
¿Por qué seré tan infeliz?,
Va a caer un aguacero.

No tardaron en cumplirse
Aquellas palabras,
Los niños sin paraguas
Y de noche el día se tiñe.
Pablo se resbaló,
No pudo sostenerlo, Andresillo,
Y hasta perdió un zapatillo
Cuando con él también rodó.
Ambos dieron vueltas,
El aguacero se desató,
Andrés en un tronco se hirió,
Pablo se golpeó la cabeza.

ANDRÉS
Pablillo, ¿cómo le fue?
Sea tonto, ¡qué arepazo!,
Yo me rompí el brazo,
Creo que me quebré.

PABLO
Con zapatos es un suicidio
Subir esa ladera,
Me golpee la cabeza,
Estoy sangrando un poquillo.

ANDRÉS
A pata pelada,
No queda de otra,
Aunque nos queden todas
De boñiga embarradas.

PABLO
Espérese, Andresillo,
Allá arriba está el ganado,
Si no se lo han llevado
Puede ser un peligro.
Trate de subir
A ver si está el dueño,
Yo lo espero en este hueco
Y no deje de venir.

ANDRÉS
Tranquilo, ya regreso,
A mí ya todo me estorba,
Está pesada la ropa
Y ni que decir los cuadernos.
Ahí dejo mi uniforme,
Que la lluvia lo pudra,
Total ya es basura,
La vida es el norte.

PABLO
Y hablaba, Andresillo,
De colores apropiados,
Con ese verde iluminado
Ya nos salvó su calzoncillo.
¡Qué aguacero más toreado!,
Siento las patas encogidas,
La piel arrugadita
Y el cuerpo chorreado.
Aún queda una empanada,
Con el hambre que me tengo,
Aunque fuera pan añejo,
Me pego la hartada.

Andresillo logró subir
Y ahí estaba el ganado
Por el baqueano arreado
En las tierras de los Bribrí.

ANDRÉS
Auxilio, señor,
Mi amigo está herido
Y no hemos comido,
Ayúdeme, por favor.

El hombre montaba su caballo
Con prestancia y estilo,
Logró escuchar al niño
Y cabalgó para ayudarlo.

BAQUEANO
¿Quién es usted, niño?
¿Qué hace en esta propiedad
De don Pedro Salazar
Y en puro calzoncillo?

ANDRÉS
Soy Andrés León,
A mi amigo Pablo Fuentes
Lo picó una serpiente
Y no sé si se envenenó.
Está allá abajo tendido,
Ya casi sin fuerzas,
Se golpeó la cabeza,
Sáquelo, se lo suplico.

BAQUEANO
Tengo que llevarme el ganado
Para ponerlo en el corral,
Venga súbase al animal
Y a su amigo, ahorita lo traigo.
Ustedes son los de la torta,
Claro, Andrés y Pablillo,
Por ahí anda el cuentillo
De que mataron a la gorda.
Ramón anda desesperado
Buscando a su hijo
Por todos los trillos,

Supiera dónde quedaron.

ANDRÉS
La maestra murió,
No puede ser,
Hasta llegué a creer
En su recuperación.

BAQUEANO
Ya la han de estar velando
Donde su hijo Antonio
Pero tranquilo, mocoso,
No lo están culpando.
Allá viene Ramón,
¡Qué hombre más atinado!,
Hasta que dio en el clavo
Y los encontró.

RAMÓN
¡Bendito sea Dios!,
Andresillo, muchacho,
¿Dónde está Pablo?
¿Para dónde agarró?

ANDRÉS
Allá está en el bajillo,
Lo mordió una culebra
Y se golpeó la cabeza

Pero está despiertillo.

BAQUEANO
Ramón, váyase con Pablo,
Yo me llevo a Andrés
Y regreso con un arnés
Para ayudar a sacarlo.

ANDRÉS
Yo no quiero dejarlo,
Pablo es mi amigo,
Juntos nos caímos
Y juntos nos vamos.

RAMÓN
Andresillo, usted es leal
Pero no nos recargue el trabajo,
Porque salir de ese bajo
Es canción para llorar.

PARTE XVII EL COYOTE

El baqueano se llevó a Andrés,
Ramón bajó desesperado
A buscar a Pablo
Y casi resbalando llegó a sus pies.

RAMÓN
Pablito, mi razón de ser,
¿Qué le ha pasado?
¿Cómo lo he buscado?,
Casi llego a enloquecer.

PABLO
Perdóneme, pacito,
Todo lo hago mal,
Nada mejor pudo pasar
Que verlo aquí conmigo.
¿Dónde está Andresillo?,
Acaba de subir
Ese pobre infeliz
De tenerme como amigo.
RAMÓN
Dichoso será más bien,
Él ha hallado un tesoro
Y usted en él otro
Que no pueden perder.
Se lo llevó Guillermo,
El baqueano de Salazar,
Él nos va a ayudar
A salir de este potrero.

PABLO
¿Qué le pasó a la maestra?,
¿Verdad que se salvó?,
No era mi intención
Que esto sucediera.

RAMÓN
Ya se va a enterar,
Ahora no pregunte
Ni siquiera se preocupe,
Tiene que descansar.
¿Cómo era la serpiente?

¿Pudo ver el color?
¿Dónde lo mordió?
¿Cómo se siente?

PABLO
Era rojo con negro
Como la coral,
No me siento mal,
Andrés sacó el veneno.
Me mordió la pierna,
Me está sangrando,
Quise irme caminando
Pero rodeé por la ladera.
Dígame la verdad, pacito,
La maestra murió,
Su silencio lo delató,
Que no culpen a Andresillo.

RAMÓN
Está bien, Pablito,
Sí murió la maestra
Pero ya estaba enferma,
Trabajar le era prohibido.

Pablo echó a llorar
En los brazos de su padre,
Que trató de consolarle
Sin poder hacer más.

RAMÓN
Tranquilo, mi chiquito,
Usted es muy bueno,
Tan solo fue un juego,
No podía advertirlo.

PABLO
Pacito, así no fue,
Quisimos distraerla
Porque no hice la tarea,
Otra vez les fallé.
Ustedes se matan por mí,
Siempre me dan lo mejor
Y yo les doy el colerón,
Estarían mejor sin mí.

RAMÓN
Si usted no estuviera,
Perdería la primera razón
Para dejar la vida bajo el sol
Y sembrando la tierra.
Olvide su dolor,
Yo a usted lo amo,
Es el mejor regalo

Que pudo darme Dios.

*Se alcanzó a escuchar
La voz de un coyote,
Peligro para el hombre
Que suele montañear.*

PABLO
Es un coyote, pacito,
Se escuchó muy cerca,
Subamos la ladera
O aquí nos morimos.

RAMÓN
Cálmese, muchachón,
Aquí está su padre
Y aunque el diablo ladre,
Contamos con el Señor.

*El coyote los avistó
Y ellos al animal,
No los venían a ayudar,
La cacería comenzó.*

RAMÓN
Allá viene el desgraciado,
Viene para acá,
Baqueano, ¿dónde estás?,
Ahora es cuando lo necesitamos.

PABLO
Se nos vino encima,
Vámonos, pacito,
Nos comerá vivos,
Está bajando la colina.

RAMÓN
Entró la noche también,
Por suerte hay luna llena
Pero si nos ve esa bestia,
No perdamos la fe.

PABLO
Allá viene, pacito,
Ármese con un palo,
Tenga mucho cuidado,
Quédese aquí conmigo.

RAMÓN
Voy a quitarle los zapatos,
Trate de subir arrastrándose,
Los pies tienen más agarre,
Yo voy a enfrentarlo.

PABLO
No, suba usted conmigo,
Ese bicho no tiene piedad,
Es un salvaje, un animal,
Por naturaleza agresivo.

RAMÓN
Pablito, hágame caso,

Nada me va a pasar,
Ya una vez le pude ganar,
Soy un montañés bravo.

El animal le cayó encima,
Pablo subía la ladera
Pero el dolor en su pierna
Inevitablemente le vencía.
Ramón yacía en el suelo
Hecho uno con el animal,
Que mordía sin vacilar
La valentía del sureño.
Con el palo se defendía
Mas poco podía hacer,
Veía desgarrada su piel
En aquel par de navajillas.
De lo alto del potrero
Sonó la voz de una escopeta,
Como el clarín de una trompeta
Que anunció al coyote muerto.
Ahí estaba el baqueano
Marcando su territorio
Con su puntería de oro,
Elegante sobre el caballo.
Pablo sonrió agradecido,
Mirando con admiración
La silueta del cowboy
Que salvó a su pacito.

BAQUEANO
Espero, estén bien,
Aquí va la cuerda,

Amárrela a la cadera
Y se viene usted también.
Los jalaré con el caballo,
No se preocupen por Andrés,
Ya el doctor lo iba a atender
Por si algo le ha pasado.

RAMÓN
Guillermo, muchas gracias,
De esto no me olvido,
Cuando estén los elotillos
Va a la casa a comer chorreadas.

BAQUEANO
Le acepto la invitación,
No olvide la natillita
Y el café de doña Jacinta,
Que no tiene comparación.

PARTE XVIII EL ESCAMPE

Al fin salieron a lo llano,
Eran casi las siete,
Seguía lloviendo fuerte
Y en un ranchillo escamparon.

BAQUEANO
¡Qué nochecita, hermano!,
Por dicha traje cafecito,

Pablo, ahí hay pancito,
Para aguantar este baldazo.
Usted es afortunado,
Tiene un tata que lo defienda,
Sin arma yo a esa bestia
No me le meto ni amarrado.
Todavía lo pica una serpiente
Y va contando el cuento,
Porque por estos terrenos
Hay bichas que huelen a muerte.

PABLO
Pacito, usted es muy bueno,
Gracias por arriesgar su vida
Por salvar la mía,
Aunque no lo merezco.

RAMÓN
Contra quien sea lo defiendo
Porque ya le dije que lo amo
Y ahí me tendrá a su lado,
Por usted me parto el pecho.

BAQUEANO
Así habla un padre, carajo,
Dando la cara por el hijo,
De verdad lo felicito,
Usted es un hombre de los bravos.

RAMÓN
¡Qué buena puntería, Guillermo!,

Yo no me hubiera animado,
Seguro hubiera fallado,
Eran casi cien metros.
Lloviendo en la oscuridad
Y en pleno movimiento,
Tiene baqueano este pueblo
Y nadie lo puede negar.

PABLO
Macita estará preocupada,
Si nadie le ha avisado
Va a seguir pensando
Y nada que escampa.

PARTE XIX LA BUENA NOTICIA

Jacinta en el ranchito
Rezaba ante el Sagrado Corazón
Con gran devoción
Por la bonanza de Pablito.

JACINTA
Jesucristo, mi Señor,
Protégeme a esa criatura,
Que es mi sol y mi luna,
Mi vida y mi corazón.
No permitas que se pierda
En su sentimiento de dolor,
En su gran desolación,
Confórtalo en su tristeza.

Llegó la comadre

Con la buena noticia,
Terminó de orar Jacinta
Para poder escucharle.

COMADRE
Jacinta, aparecieron
En la propiedad de Salazar,
Andrés está en el hospital,
Lo llevó el baqueano Guillermo.
Me contaron en el pueblo
Que regresó por Pablito,
Allá está el compadrito
Con el niño en el potrero.

JACINTA
¡Bendito sea nuestro Dios
Que escuchó la plegaria
De esta madre angustiada
Y llena de dolor!

COMADRE
Voy para el hospital
A ver a mi muchachito,
Véngase conmigo,
Allá se lo van a llevar.

Abríguese bien,
Que sigue la lluvia
Pero Dios nos ayuda
¡Bendito sea Él!

JACINTA
Vámonos, comadre,
No perdamos tiempo
Y que acabe el lamento,
De toda esta tarde.

PARTE XX LA ENFERMERA

Yacía Andrés en una cama
Atraído por la enfermera,
Que tenía lindas piernas,
No le quitaba la mirada.
Era atendido por un doctor
Que no halló mayor problema,
Tenía mucha resistencia
Aquel pequeño campeón.

DOCTOR
Bueno, muchachito,
Aparte de la tensión
Y esta inyección,
Todo fue un sustillo.
Solo tiene raspaduras
Que el tiempo sanará,
Ahora lo voy a dejar
Con la enfermera Julia.

ANDRÉS
Me va a doler,

¿No hay otra solución
Que no sea inyección
Como pastillas o un té?

JULIA
No tenga miedo, corazón,
Yo no soy mano dura,
Ni va a sentir la aguja,
Será un mínimo rozón.

DOCTOR
Nos vemos, Andrés,
Lo dejo en buenas manos,
No son de cirujano
Pero inyectan muy bien.

JULIA
Bueno, mi amorcito,
Descúbrase un poco la nalguita
Y verá que ni se agita
El alma, ni un poquito.
¿Acaso le da pena?,
Ya estoy acostumbrada,
No soy ni improvisada
Ni haré que le duela.

ANDRÉS
Tengo doce años,
Un montón de sensaciones,
Otro poco de emociones
Y luego me exalto.

JULIA
Llamaré a un enfermero,
Ese no es problema,
En turno está Esteban,
Él es de los buenos.

ANDRÉS
Andrés, no sea tonto, pendejo,
Esa chica tan hermosa
Y usted se pone con cosas
Por mostrar el trasero.

Apareció el famoso Esteban,
Un tipo grueso y alto,
Con cara de malvado
Y apariencia grotesca.

ESTEBAN
Date vuelta, amigo,
Esa aguja te espera,
Elige la cadera,
Yo haré mi mejor tiro.

ANDRÉS
Auxilio, enfermera,
Me va a matar,
Es una inyección letal,
Ayúdeme, quien pueda.

JULIA
Gracias, Esteban,
Yo me encargo,

El paciente es delicado
Y tu mano grosera.
ESTEBAN
No me gustan los cobardes,
En mis manos los amaso,
Luego me los trago,
Y los vomito en el desagüe.

JULIA
Ya, King Kong,
Regresa a tu jaula
O ve a ver fábulas
En la televisión.
Andresito, su turno,
No tengo tiempo,
Deme un momento
Y rapidito lo curo.

ANDRÉS
Ay, madre mía,
Pero deme una almohada,
Que ya siento la nalga
Que me duele, mi vida.

JULIA
No exagere, mi niño,
Contemos hasta tres,
Uno, dos, ya fue,
Fue solo un piquetico.

Andrés quedó rígido
Al roce del algodón,

*Después de la inyección
No sabía de sí mismo.*

JULIA
Cúbrase, Andresito,
Vio que no dolió,
¿Qué me le pasó
Que se quedó calladito?
Ahora descanse un rato,
Cuando llegue su familia,
Se pone la ropita
Y juicioso a hacer caso.

*Quedó ahí solo,
Le dio tanta vergüenza,
Que ni quiso verla
De puritico sonrojo.*

PARTE XXI LOS PADRES

*Unos minutos después
Llegó el papá del niño
Con un olor a vino
De la cabeza a los pies.*

ALFREDO
Andrés, ¿cómo le va?,
Me contaron la travesura,
¿Qué fue toda esa locura?,
No vas a escarmentar.

ANDRÉS
¿No me va a pegar
Por haberme escapado?,
¿Qué le han contado?,
¿Me va a castigar?

ALFREDO
Ya usted ha sufrido,
Eso no hace falta
Ni tengo la cara
Para reprocharle, mi jo.

ANDRÉS
Está borracho, pa,
¿Por qué no deja el licor?
Antes usted era mejor,
Hasta íbamos a jugar.
Tenía tiempo para todo,
Nunca me pegaba,
Siempre me hablaba
Y no me dejaba solo.
Ahora me maltrata
Hasta por volverlo a ver,
Antes era mi héroe fiel
Que tanto me amaba.

ALFREDO
Es verdad, Andrés,
He sido un mal padre,
También un cobarde
Por desquitarme con usted.
Este maldito vicio

Me está matando
Pero voy a dejarlo,
Volveré a ser el mismo.
Quiero ser su héroe otra vez,
El que solo lo ama,
El mejor de los tatas,
El que se merece usted.

ANDRÉS
Solo quiero recibirlo
Cuando llega del trabajo
Y darle un abrazo
Sin temor ni escondido.
Ya no quiero correr
Con mi ma de madrugada
Porque usted va a matarla
Y, peor, a mí también.

ALFREDO
Perdóneme, Andrés,
Le hice mucho daño,
Ese maldito guaro
Me hace enloquecer.

La madre de Andrés
Había escuchado todo,
Con lágrimas en los ojos
Se abrazó a él.
Pablo era atendido
Por el mismo doctor
Que de inmediato notó
Que era parte del lío.

DOCTOR
Usted andaba con Andrés,
Las mismas heridas,
Son casi igualitas
¿Dónde fueron a caer?
La serpiente que te mordió
No era venenosa
Pero evitemos alguna cosa
Con una inyección.
Ambos irán a casa,
Ya revisamos su cabeza,
Le pondremos una venda
Y listo, va y descansa.

PABLO
Quiero ir con Andrés
Por favor, doctor,
¿Puedo ir a su habitación
Y hablar con él?

DOCTOR
Luego de inyectarse
Puede ir a verlo
Nos vemos, pequeño,
A echar para adelante.

JULIA
Hola, corazón,
Soy la enfermera,
Descúbrase una cadera
Para aplicar la inyección.

La misma reacción,
¿Será amigo de Andrés?
Tiene doce también,
A llamar a King Kong.

Una vez inyectado
Pablo recibió la visita
De su madre querida
Que tanto había extrañado.

JACINTA
Pablo, hijo adorado,
La luz de mi vida,
Mi mayor alegría
Y el mejor regalo.

Unidos en un abrazo
Como nunca estuvieron,
Juntos sintieron
El consuelo añorado.

PABLO
Perdóneme, macita,
Usted no lo merece
A este hijo que tiene,
Sacándole canitas.

JACINTA
Pablillo, yo lo amo,
Nunca se lo digo

Y quizá ese ha sido
Mi mayor pecado.

PABLO
La maestra se murió,
No quería hacerle daño,
Fue solo un engaño,
No fue con mala intención.

JACINTA
Yo sé que es muy duro
Pero de ahora en adelante,
Piense bien lo que hace
Y a ser menos inmaduro.

PARTE XXIII LA INSIGNIA

Aquel par de niños,
Antes de dejar el hospital,
Lograron conversar
Sobre todo lo vivido.

ANDRÉS
Pablillo, hermano,
¿Dónde estaba usted
Que hasta ahora se ve?
¿Cómo le fue en el bajo?

PABLO
Fuimos atacados
Por un coyote en la venida,
Que casi nos quita la vida

A mi pacito y a su hermano.
Pero llegó el baqueano
Con el rifle encima
Y afinando puntería,
Terminó por sedarlo.
Ya es pasado,
Ahora mi triste tono
Se debe al velorio
Que hemos causado.

ANDRÉS
Vamos a la vela,
Aunque el remordimiento
Nos pegue en el pecho
Como una flecha.

Pienso en su familia,
Nos deben odiar,
Ya no tengo paz,
Vaya trágico día.

PABLO
Tal vez no fue tan malo,
Hoy hemos crecido,
Somos menos críos,
Hemos madurado.

ANDRÉS
Con semejante garrotazo
Seguir tan inconscientes
No es de valientes,
Mucho ha cambiado.

No se vuelva aburrido,
A pesar de sus locuras
Su forma de ser me gusta
Porque es muy divertido.
¿Vio a la enfermera?
Me puso una inyección,
Hasta sentí el corazón
Como una bombeta.

PABLO
No presuma tanto,
Que si llegué renqueando
Es porque fui inyectado
Por esa florcita de mayo.
Nada más cierto
Que Julia la enfermera
Es toda una belleza,
Una fruta del huerto.
Pero ni usted es un muñeco
Ni yo tengo la edad
Para poderla conquistar
Y darle un beso.

ANDRÉS
Si lo escucha Carmencita
Le calienta la cara
Con una cachetada
De sus puras manitas.

Llegaron los padres
Con la ropa en las manos
De aquellos muchachos

Que debían marcharse.

RAMÓN
Vístanse pronto
Que hubo un accidente,
Ocupan echar gente
Y está lleno el nosocomio.

ANDRÉS
Entiendo poco esa palabrilla
Que dijo su tata,
Por no decir nada,
Quedé viendo pa arriba.

PABLO
Significa hospital,
Es un poco refinado
Y bastante educado,
Lo cual no está mal.

Al fin ropa limpia,
Me tengo un sueño,
Voy a caer muerto
Ni quien me resista.

ANDRÉS
No hable de muertos,
Con una nos basta,
Vayamos a casa
Y mañana al entierro.

PABLO

Deberíamos, Andresillo,
Como dos soldados
Que la guerra ganaron
Guardar estos calzoncillos.
El mío por el ganado,
El suyo por ser guerrero,
El mío por el avispero,
El suyo por iluminado.

ANDRÉS
Cuando seamos viejitos
Les contaré a los nietos
El cuento completo
De esta insignia, amigo.
La única prenda,
Testigo del momento,
Que ni pasando el tiempo
Se perderá su leyenda.

PARTE XXIV LA VELA

Salieron del hospital,
El frío les congelaba,
Cerca de ahí velaban
A la que no querían matar.

ANDRÉS
Allá viene Antonio,
El hijo de la maestra,

Espero que no tenga
Rencor hacia nosotros.

ANTONIO
Entren a la casa,
Allá están sus amigos,
No estén intranquilos,
Vamos y me acompañan.

PABLO
Antonio, es nuestra culpa,
Su mamá estaba enferma,
Fue una gran torpeza,
Una fatal travesura.

ANTONIO
No se angustien, niños,
Nadie los condena,
Ella quiso ser maestra
Hasta su último suspiro.
Su vida eran las aulas,
Levantarse todos los días
A enseñar con hidalguía
A sus alumnos del alma.
*Rezaban un rosario
Entre muchos sollozos,
No eran pocos
Los que la lloraron.
Los dolientes del pueblo
Miraban curiosos
Desde el propio velorio
Al par de pequeños.*

PABLO
Pacito, quiero entrar,
Tengo que hacerlo,
Decirles que lo lamento
Con todo mi pesar.

RAMÓN
Antonio, le agradezco,
Su actitud hacia los niños,
Ellos se han arrepentido
De lo que han hecho.

ANTONIO
Tranquilo, don Ramón,
Sé cómo son los niños,
No olvido que fui un crío,
No se actúa con razón.

Los niños entraron,
Ante el asombro de todos,
Les cambió el rostro
Y empezaron los comentarios.

PABLO
¿Cómo harían para meterla
Si era muy gorda?
¿Usted cree esté cómoda
En esa caja de madera?

ANDRÉS
Pablillo, usted no cambia,
Vamos a verla,
¡Qué ojos nos pelan!
¡Qué crueles miradas!

Se arrimaron con cautela
Al féretro de la señora,
En aquella dramática hora
De verla ahora muerta.

ANDRÉS
Mírela, Pablillo,
No se ve tan brava,
Tiene la cara blanca
Peor que un papelillo.

PABLO
¡Qué raro, Andresillo!
No parece muerta,
¿No será una treta
Pa pegarnos un sustillo?

ANDRÉS
Me está asustando,
¿En verdad está blanca
O es la luz en la cara?
No se quede callado.
PABLO
Jale a tomar cafecillo
Con un pedazo de pan,
¡Qué manera de llorar

Por los difuntillos!

ANDRÉS
Afuera también hay muertos
Pero muertos de risa,
Se ve que la querían,
Ya se perdió el respeto.

PABLO
Están contando chistes,
Vamos a escucharlos,
No, mejor nos quedamos,
Aunque sea esto tan triste.

*Una mujer empezó a rezar
A las ánimas del purgatorio,
A donde dicen vamos todos
Antes del paso celestial.
Rezando por Amalia,
Por su salvación
Que Jesús, el Señor,
Se apiade de su alma.
La rezadora era Juana,
Aquella a la que los niños
Le llevaron elotillos
Porque vivía solitaria.*

PABLO
Tengo un presentimiento,

No sé por qué,
Creo que no se fue
Ni mañana hay entierro.

ANDRÉS
Respete, Pablillo,
Ya ella se murió,
Hasta la vio un doctor
Ni él pudo impedirlo.

*Algo extraño pasaba
En aquel velorio,
Era muy misterioso,
Solo Pablo lo notaba.
Se cortó la luz eléctrica,
Los niños se asustaron
Mas continuó el rosario
A la luz de las velas.*

PABLO
¡Qué feo, Andresillo!
Se fue la luz
Y viendo ese ataúd,
Estoy que me orino.

ANDRÉS
Cállese, Pablillo,
Que estoy muy nervioso
Y con este frío de locos,
Me tiembla el cuerpillo.

PARTE XXIV LOS LAMENTOS

Un extraño lamento
Cortó la respiración
Y hubo una sensación
Que los hizo tener miedo.

ANDRÉS
¿Quién se quejó?
No fue el viento,
Fue un lamento,
O ¿solo me pareció?

PABLO
Vamos a verla,
Creo que dijo algo,
No sé si en castellano
Pero fue la maestra.

ANDRÉS
Está loco, Pablillo,
Si eso fue así,
Olvídese de mí,
Yo ahí no me arrimo.

PABLO
No sea pendejo,
Que si está viva
La amargura se nos quita
Como regalo del cielo.

RAMÓN
No hablen tanto,
Recen un poco,
No ven que todos
Los están escuchando.

PABLO
Pacito, ¿usted oyó?
Eso fue un quejido
Y yo sé que vino
De la caja de panteón.

RAMÓN
¿Qué dice, Pablito?
Tenga más respeto,
¿Cómo va a ser cierto
Que ella dio un quejido?

Se oyó otro lamento,
La gente se estremeció,
El café se les cayó
Y se atragantaron del miedo.
Había un ebrio
Que empezó a gritar
Que dejaran de hablar
Para oír al muerto.

BORRACHO
El difunto habla,
Sálvese quien pueda,

No estaba muerta
Andaba de parranda.

ANTONIO
Saquen a ese borracho,
Por mi santa madre,
Que alguien lo saque,
Yo no estoy de ánimo.

PABLO
Vio, Andresillo,
El borrachín se dio cuenta,
Algo dijo de la maestra,
No sea incredulillo.

ANDRÉS
Ya nadie se arrima,
Les entró el miedo
Y es que con los lamentos
Cualquiera se orina.

PABLO
Vamos a verla, nosotros,
No sea cobarde,
Tal vez nos hable
Y coloree su rostro.

ANDRÉS
Llegó Carmencita,
Allá está su amor,
Le bombea el corazón

Como carcacha viejita.

PABLO
Si ella es la más linda,
La más hermosa del planeta,
¡Quién fuera esa menta
Que trae en la boquita!

CARMENCITA
Hola, Pablito,
¡Qué bueno verlo a salvo
Y que sus ojitos enamorados
Los haya cuidado Diosito!

PABLO
Carmencita de mi alma,
No sabe ¡cuánto la quiero!
Perdón por el enredo
Pero no pensé más nada.
Acompáñeme usted
A ver a la maestra,
Que creo, no está muerta
Ni fría va su piel.

CARMENCITA
¿Qué dice, niño mío?
Yo la vi caer,
Quedó como un papel,

Hasta siento escalofríos.

Un nuevo lamento
Cruzó aquella sala
O alguien se burlaba
O el muerto había vuelto.

Pablo y la niña
Fueron hasta el ataúd,
Ya no le daba la luz
Ni blanca se veía.
El féretro empezó a moverse
Y un Ave María Purísima
Gritó aquella viejita
Antes de caer inerte.

ANDRÉS
¡Por mi madre
Se movió el muerto!
¡Eran de ella los lamentos!
¡Que Dios se apiade!

SUEGRO
¡Salgamos de aquí
Ahora que podemos!
Que si no hay muerto,
Pronto se va a cumplir.

PABLO
¡Espérese, suegro!
¿Quién se apiada de la viejita

Que cayó en la salita
Mientras rezaba un Padre Nuestro?

SUEGRO
Luego hablamos, Pablillo,
Vámonos, Carmencita,
Que van a abrir la cajita
Y no quiero ser testigo.

PABLO
Andresillo, ¡qué embarcada!
Le dije suegro al suegro
Quizá el próximo muerto
Sea este que habla.

ANDRÉS
Vámonos, Pablillo,
Se está abriendo la caja,
Nos va a jalar las patas
Y estamos muy jovencillos.

PARTE XXV EL ATAÚD

Se abrió el ataúd,
Todos salieron espantados,
Amalia había regresado
Casi igual que la luz.

ANTONIO
Madrecita de mi vida,
¿De dónde regresas?

¿No estabas muerta
O se me subió la copita?

AMALIA
¿Qué le pasa, Antonio?
¡La Santísima Trinidad!
Me iban a enterrar,
Estoy en mi velorio.

Amalia se reponía
De la fuerte impresión,
Casi camino al panteón
Y ella aún con vida.
La viejita no se movía,
Ella sí parecía muerta,
Ya ni la mejor receta
Ni un médico la revivía.
Solo faltaba Antonio
De salir en carrera
Y dejar aquella vela
Que acabó en bochorno.
Le era difícil salir de la caja,
Con el corazón en la boca
Vio a la viejita rezadora
Donde yacía desmayada.

AMALIA
Alguien que me ayude,
No puedo salir,

No me dejen aquí,
Que iba rumbo a las nubes.

Amalia hizo un esfuerzo
Para dejar la caja,
Casi la despedaza
Pero logró llegar al suelo.

AMALIA
Doña Juanita,
Señora, ¿me escucha?
Seguro se dio en la nuca,
Ya pasó a mejor vida.

PARTE XXVI LA CATALEPSIA

Las señoras madres
Y el padre de Andrés
Echaron a correr
Como a quien los pies le arden.
Pablo venía pensando
En cómo devolverse
A confirmar lo que fuese
Que estuviera pasando.
Iban de camino
Aún alterados
Junto al padre de Pablo
Aquel par de niños.

PABLO
Espérese, Andresillo,
Usted también pa,

Tenemos que regresar,
No seamos pendejillos.

RAMÓN
Jacinta se va a preocupar
Y los papás de Andrés,
No podemos volver,
Mañana se puede averiguar.

ANDRÉS
Pablillo, no sea necio,
Fue un día muy pesado
Y todo muy extraño,
Además, ya tengo sueño.

PABLO
Volveré solo, pacito,
Déjeme ir donde la maestra,
A ver si siguió la vela
O si ella se salvó.

RAMÓN
Está bien, Pablito,
En media hora en la casa,
Es que si algo le pasa,
No me perdono este caprichito.

ANDRÉS
Lo voy a acompañar,
No se preocupe, padrino,
Tiene razón Pablillo,

Ya qué puede pasar.

PABLO
Vaya, Andresito,
Cuídense bastante
Y no se dilaten,
Que ya es tardecillo.

Amalia salió de la casa
Para buscar a Antonio,
Aún con el asombro
De haberse visto velada.
Los niños se la toparon
Dándose el susto de su vida,
Les temblaban las piernillas
Y estáticos se quedaron.

AMALIA
Escúchenme, muchachos,
¿Qué fue lo que pasó?
Necesito una explicación
De todo este relajo.

ANDRÉS
Es un fantasma, Pablillo,
El espectro de Amalia,
Anda vagando su alma
Buscando a los asesinos.

PABLO
Cálmese, Andresillo,

No ve que está caminando,
Estuviera flotando
Si fuera un fantasmillo.
Maestra, ¿qué le pasó?
No estaba muerta,
Casitico la entierran
Y nadie la escuchó.

AMALIA
Ahora que lo pienso,
Otra vez la catalepsia,
¡Cómo no se dieron cuenta!
Por poco y no lo cuento.
Si no despierto
Me hubieran enterrado
Pero ustedes me ayudaron,
Escucharon mis lamentos.

PABLO
No sé si morirme de risa
O ponerme a llorar,
Si ponerme a bailar
O agarrarme las mechillas.

AMALIA
Mejor nos vamos a dormir
Ha sido un día cansado,
Se ve que han andado
Que ya no pueden seguir.

PABLO
Hasta mañana, maestra,
Tómese unas vacaciones,
Así no hay lecciones
Ni hay que ir a la escuela.

AMALIA
Tal vez le tome la palabra,
Mi querido Pablito,
Ya el doctor me lo dijo,
Es hora de dejar las aulas.

PABLO
Maestra, ¿qué pasó con la viejita?
La que estaba rezando,
Se desmayó de un venazo
Por el susto, la pobrecita.

AMALIA
Ya está con Diosito,
Siempre habrá funeral
Y aunque suene mal,
¡Qué bueno que no es el mío!

ANDRÉS
¡Qué barbaridad, Andresillo!
Mejor ya no salgamos
Que por donde pasamos

Dejamos un muertillo.

AMALIA
Que pasen buenas noches,
Tómense un tecito
Por aquello del sustillo
Y que nadie lo note.

La despidieron con un abrazo,
Fue un lógico cariño,
Porque ese par de niños
Estaban desconsolados.

PABLO
¡Qué salvada, Andresillo!
Nadie se murió,
No hubo velación,
No hubo asesinos.

ANDRÉS
No olvide a Juanita,
La viejita rezadora
¿Qué haré con mi memoria
Que el alma intranquiliza?

PARTE XXVII LA DESPEDIDA

Regresaban a casa,
Eran casi las once,
Recordarían esos doce
En lo mejor de su infancia.

PABLO
Gracias por todo, Andrés,
Por estar siempre conmigo
Y ser mi mejor amigo,
Por no dejarse decaer.

ANDRÉS
Gracias a usted, Pablo,
Yo no tenía motivos,
Pero se es más amigo
En los momentos malos.

Se dieron un abrazo
De grandes amigos
Y como auténticos niños
En sus hombros lloraron.
Así se agradecieron
El haberse acompañado,
Hasta en lo más complicado
Juntos se mantuvieron.

PARTE XXVIII EL BESO

Pablo fue a ver a Carmencita
A la ventana de su cuarto
Con el recelo de ser hallado
Por el papá de la niña.

CARMENCITA
Pablito, ¿qué hace aquí?
Dios lo ampare
De que lo vea mi padre,
Váyase a dormir.

PABLO
Carmencita de mis sueños,
Yo no sé qué pase
Si no vengo a robarle
De su boquita un beso.

Los niños se besaron
Así por vez primera,
Eran la imagen tierna
De dos enamorados.
El suegro lo sorprendió
Y salió de su casa,
Pablo ya disimulaba
Por aquello del sermón.

PABLO
Linda noche, suegro,
¡Qué hermosa la luna!
No tanto como su criatura,
La niña que tanto quiero.

PARTE XXIX EL REGRESO A CASA

Pablo volvió a casa,
Lo recibieron sus padres,

Lo chinearon como antes,
Cuando apenas gateaba.
Se durmió abrazado
Por sus padres
Como quien desease
El tiempo estacionado.
Al son de una canción
Tarareada por Jacinta
Más como una niña,
Más con el corazón.

JACINTA
Se hizo grande, Ramón,
Se nos va de las manos,
Parece que fue ayer cuando
Nos lo regaló el Señor.

RAMÓN
No se preocupe, mujer,
Aunque son fuertes sus alas
Y un día marche de casa,
Nunca nos dejará de querer.

PARTE XXX EL AMANECER

Los pájaros cantaban
En el umbral de un nuevo día,
Ya estaba de pie Jacinta,
Ya la masa alistaba.
Ramón prendía el fogón,
La leña era abrasada,
La brisa fría entraba
En aquella casa de amor.
A la hora siguiente
La luz de la mañana
Al pueblo despertaba
Con su voz sonriente.
Mi querido Pablito
Dormía en el cálido lecho
Que le había hecho
Tejido de latidos.

JACINTA
Levántese, Pablito,
Que dieron las seis,
Luego no va a poder
Tomarse el cafecito.

Made in the USA
Columbia, SC
07 July 2023